MW01515509

I CAN READ
SHORT STORIES

YOU
CAN READ
SHORT STORIES
TOO

A Learing Experience
Spanish - English
English - Spanish
For
Young Readers

Once upon a time,

Habia una vez,

long, long ago in the valley of a lovely mountain

hace mucho, mucho tiempo, en el valle de una hermosa montaña,

lay a friendly little village surrounded by tall,

una pequeña y acogedora aldea rodeada de altos

green pine trees and clear singing streams.

pinos verdes y arroyyos cristalinos y cantarines.

There was something very special about this

Habia algo muy especial en esta

village. It had a magic garden tended by a

aldea. Tenia un jardín mágico, al que lo cuidaba un

Good Fairy.

Hada Buena.

The Good Fairy was beautiful beyond words

No hay palabras para explicar lo hermosa que era Hada Buena,

because of her kind heart, her wise actions, and

por su buen corazón, sus sabias acciones

the love she gave to everyone. Because she

y el amor que brindaba a todos. Como ella

especially loved the children of the village, she

realmente amaba a los niños de la aldea, les

created the magic garden for them to play in.

creo el jardín mágico para que pudieran jugar.

The trees in the garden grew chocolate fruits,

En los árboles del jardín crecian frutas de chocolate,

the flowers turned to ice cream cones when

las flores se convertian en cucuruchos de helado cuando

picked, the fountains in the garden flowed with

las cortaban, de las fuentes del jardin brotaba

lemonade, and there were toysf all kind

limonada, y habia juguetes de todo tipo

for the children to play with

para que los ninõs jugaran.

Every day after school the children of the

Todos los dias después de la escuela, los niños de la

village went to the magic garden to play. Before

alda hiban a jugar al jardín mágico. Antes de

going home to help with the chores and do their

regresar a sus hogares para ayudar con los que haceres domésticos y hacer

school work, the children always thanked the

su tarea, los niños siempre le agradecian al

Good Fairy, and the Good Fairy always told

Hada Buena y ella siempre les decía

them how happy she was that they came to visit.

lo feliz que estaba de que vinieran a visitaria.

The Good Fairy had only one rule she insisted the

El Hada Buena tenía una sola regla que les insisía a

children obey. The children must never pick the

los ninos a que obedecieran. Nunca debian cortar el

Black Tulip growing in the center of the

Tulipán Negro que crecia en el centro del

garden. Except for the Black Tulip, the children

jardín. A excepción del Tulipán Negro, los niños

could help themselves to every thing else.

podian jugar con todo lo que quisieran.

Because the garden was magic, whenever a

Por ser un jardín mágico, cuando

chocolate fruit was eaten or an ice cream cone

se comía una fruta de chocolate o se cortaba una flor

flower was picked, another one would pop up in

se cucurucho de helado, otra aparecía

its place. That way there was always enough for

en su lugart. De ese modo, siempre había suficiente para

everyone.

todos.

One day a new family came to th village to

Un dia, una neuva familia vino a vivir a la aldea:

live: a father, a mother, and their little girl

el padre, la madre y la pequena

Audrey. Everyone in the village made then

Audrey. Todos en la aldea les dieron

welcome by bringing them gifts of food and

la bienvenida y les llevaron presentes de comida y

flowers. The very next day the children took

flores. Al día siguiente, los ninõs llevaron

Audrey to the Good Fairy's garden.

a Audrey al jardín mágico del Hada Buena.

Audrey was delighted with everything in the

Audrey estaba encantada con todo lo que había en el

garden, but she could not understand why she

jardín, pero no comprendía por qué, no

must never pick the Black Tulip. Audrey

debía cotar jamás el Tulipán Negro. Audrey

thought the Good Fairy was just being selfish,

pensaba que el Haba Buena estaba siendo egoísta,

7

and that made her angry. "What is so special

y eso la enojaba. " ¿Qué tiene de especial

about the Black Tulip?" she wondered.

el Tulipán Negro?" se preguntaba.

"Why may I not have it? If Ipick the Black

" ¿ Por qué no lo puedo tener? Si corto el Tulipán

Tulip, another one is bound to pop up in its

Negro, seguramente aparecerá otro en su

place. The Good Fairy just wanted it for herself.

lugar. El Hada Buena sólo lo quiere para ella.

If I pick the Black Tulip,

Si corto el Tulipán Negro,

no one will even know."

nadia se enterará".

Audrey looked and looked and looked at the

Audrey miro y miro y miro el

Black Tulip, then she reached down and picked

Tulipán Negro; luego se agachó y lo

it.

cortó.

Suddenly the sky over the garden turned black,

De repente, el cielo que cubría el jardín se hizo negro,

and the wind in the garden became wild and

y el viento se volvió furioso y

cold. The trees turned into thorn bushes, the

frío. Los árboles se convertieron en arbustos con espines, las

flowers withered and fell to the ground, the

flores se marchitaron y cayeron al suelo, las

fountains dried up and the toys shattered into

fuentes se secaron y los juguetes se hicieron

pieces. And there in the middle of the garden

añicos. Y allí, enmedio del jardín,

where the Black Tulup had been, stood the

donde habia estado el Tulipán Negro, ¡estaba la

most Evil Witch ever!

bruja mas malvada de todos los tiempos!

Her skin was wrinkled and blue, her eyes

Su piel ara azul y estaba arrugada reia, sus

flashed red sparks, and when she cackled, her

salian chispas rojas y cuando reía, sus

green teeth sank fear into everyone.

afilados dientes verdes sembraban temor en todos.

"I have waited and waited for someone to pick

"¡ He esperado y esperado, a que alguien corte

the Black Tulip and release me!" she screamed

el Tulipán Negro y me libre!" gritó.

10

"At last, I am free! I am free!"

" ¡ Al fin soy libre! ¡Soy libre!"

The children of the village tried to run away,

Los ninos de la aldea intentaron escapar,

but the Evil Witch turned them into statues.

pero la bruja Malvada los convirtió en estatuas.

Before the Good Fairy could reverse the evil

Antes de que el Hada Buena pudiera revertir el maleficio

spell over the children, the Evil Witch turned

que pesaba sobre los niños, la Bruja Malvada convirtió

the Good Fairy into a sratue, too. But the Evil

al Hada Buena en una estatua también. Pero la Bruja

Witch was not powerful enough to take away

Malvada no era lo suficientemente poderosa para quitarle

The Good Fairy's power of speech.

los poderes del habia en el Hada Buena.

11

The parents of the village became concerned

Los padres de la aldea comenzaron a preocuparse

that day when their children were late in

aquél diá cuando se hizo tarde y sus hijos no

returning home from the magic garden. It was

regresaban del jardín mágico a sus casas. No pasó

not long before they all gathered together and

mucho tiempo hasta que se reunieron y

went to the garden to seek their children.

fueron al jardín mágico a buscar a sus hijos.

But instead of the beautiful magic garden, the

Pero en lugar de encontrar el hermosa jardín mágico, los

parents found a frightening dark place

pardes encontraron un lugar oscuro y tenebroso,

surrounded by tall, spiked, black iron fencing.

rodeado de una cerca alta de hierro con púas negras.

When the Evil Witch rose up from behind a

Cuando la Bruja Malvada salió detrás de

12

thorn bush, the parents could hardly believe their

un arbusto con espines, los padres apenas podían creer lo que

eyes.

estaban viendo.

The Evil Witch was thrilled to see how much

La bruja Malvada estaba encantada de ver cuánto

she frightened everyone. She cackled and

le temían. No paraba de reírse

cackled and rolled on the ground making great

socarronamente y de dar vueitas en el suelo, provocando una gran

clouds of dust.

nube de polvo.

"This garden and your children are mine now,"

'Ahora este jardín y sus hijos son míos",

she told the parents. "I have changed your

les dijo a los padres. "He convertido a sus

children into statues, and you will never get

hijos en estatuas t nunca los

them back. If you come into my garden. I will

recuperarán. Si entran a mi jardín,

change you into statues too!" Again the Evil

¡los convertiré en estatuas tambien!" Una vez más, la Bruja

Witch cackled, and her wicked laughter echoed

Malvada rió socarronamente y su risa malvada resonó

throughout the valley and mountain.

en todo el valle la montaña.

The parents begged the Evil Witch for their

Los padres suplicaron a la Bruja Malvada por sus

children, They offered her everything they had

hijos. Le ofrecieron todo lo que tenían

in exchange for their children, but to no avail.

a cambio de sus hijos, pero fue en vano.

The Evil Witch simply pointed her long and bony

La Bruja malvada simplemente apunto si largó y delgado

blue finger at them and snarled "You will never

dedo azul hacia ellos y gruñó: "Sus hijos nunca

get your children back. Never, never, never!"

regresarán. ¡Nunca, nunca, nunca!"

Everyday the parents returned to the place

Los padres regresaban todos los días al lugar

where the magic garden had been to plead for

donde había estado el jardín mágico y suplicaban

the return of their children, and every day the

que sus hijos regresaran y todos los días la

Evil Witch was delighted to tell them, "You will

Bruja Malvada, encantada les decía: "Sus hijos

never get your children back, Never!"

nunca regresarán, ¡nunca!"

"Do not come here anymore." the Good Fairy

"No regresen más", les dijo el Haba Buena

called out to the parents one day, "The Evil

a los padres un día. "La Beuja

Witch will not release your children,and it

Malvada no liberará a sus hijos y

makes her happy to see you suffer this way. I

la hace feliz verlos sufrir de este modo. Yo

will try to find a way to help you all." So the

tratare de encontrar el modo de ayudarios. Es así que

parents did as the Good Fairy told them and

hicieron to que el Hada Buena les dijo y

never came again.

nunca más regresaron.

For a while the Evil Witch was able to amuse

Durante un tiempo, la Bruja Malvada se entretenía

herself by creating terrible storms within the

creando espantosas tomentas dentro del

garden, but with each passing day she became

jardín, pero a medida que pasaban los días, se

more restless and bored. "Why will you not

impacientaba y aburría cada vez más. "¿Por qué ya no me

speak to me, Fairy!" she asked one day. "And

Habias, Hada?" preguntó un día. "Y

why do the parents not come to beg for their

¿por qué los padres no vienen más a suplicarme por sus

children any more?"

hijos?"

"Remember you, too, are a

"Recuerda que tú también erea una

prisoner inside this black fence,"

prisionera detrás de esta cerca negra",

The Good Fairy replied speaking to her for the
el Hada Buena respondió y le habló por

very first time. Your powers are useless outside
primera ves. "No tienes poderes fuera

of this garden, and I will always warn anyone
de este jardín t le advertiré sienpre a todo aquél

who comes near to stay ourside of its gates.
que se acerque para que no traspase la puerta.

However, if you release the children from your
Sin embargo, si liberas a los niños de tu

evil spell, I will talk to you and keep you
maleficio, te hablaré y te haré

company."
compania."

"Never!" cried the Evil Witch. "The parents
"¡Nunca!" gritó la Bruja Malvada. "Los padres

will come back and beg for their children, just

regresarán y suplicaran por sus hijos.

wait and see!" But the parents did not return to

¡Espera y verás!" Pero los padres no regresaron

the garden. They continued to do as the Good

al jardín. Siquieron haciendo lo que el Hada

Fairy had asked.

Buena les había pedido.

On the horrible day that the Black Tulip was

Aquel horrible diá en que el Tulipán Negro fue

picked, one child was spared the fate of the

cortado, una niña se salvó del destino del

others. Her name was Karen and on that day

resto. Se llamaba Karen y ese día

she had been ill and stayed at home. Karen

se había quedado en su casa enferma. Karen

was now the only child left in the village.

ahora era la única niña que quedaba en la aldea.

Karen's parents told her what had happened to

Sus padres le contaron lo que había sucedido con

her friends, and they warned her to stay away from

sus amigos y le advirtieron que se mantuviera alejada del

the garden and from the Evil Witch. But Karen

jardín y de la Bruja Malvada. Pero Karen

missed her friends and was determined to visit

extranaba a sus amigos y estaba decidida a visitarlos

them, even if they had all become statues. So

aún si todos se hubiesen convertido en estatuas. Es asi que

early one morning before anyone in the village

una mañana muy temprano, antes que alguien se despertara,

was awake, Karen went to the garden to find her

en la aldea, Karen fue al jardín a buscar a sus

friends and see what she could do to help them.

amigos y ver qué podía hacer para ayudarlos

21

Karen was horrified by what she saw when she

Karen se hororizó con lo que vio cuando

got to the garden, but the Evil Witch was even

entró al jardín; pero la Bruja Malvada estaba aún

more horrified when she realized there was still

más horroizada cuando se dio cuenta que todavía

one child left alive in the village. Red sparks

quedaba un niño vivo en la aldea. Le salían

flashed wildly from her eyes, and she screamed

frenéticamente chispas rojas de los ojos y gritaba

with rage. Karen was so terrified by the sight of

con furia. Karen sw sintió tan atemorizada al ver a

the Evil Witch that she began to run away. But

a la Bruja malvada, que comenzó a correr. Sin embargo,

the Evil Witch quickly composed herself,

la Bruja Malvada rápidamente se serenó,

smiled, and called out sweetly, "Please forgive

sonrió y le dijo dulcemente: Por favor, perdóname

me, dear child. Do not run away. You must be

mi querida niña. No hujas, debes senirte

lonesome . Do come into the garden and see

triste y sola. Entra al jardín a visitar

your friends."

a tus amigos".

"Do not come in!" cried the Good Fairy. "You

"¡No entres!", Gritó el Hada Buena. "Te

will be turned into a statue as soon as you step

convertirá en una estatua tan pronto como cruces

inside the black fence!"

la cerca negra!"

"Be quiet," screamed the Evil Witch. "I wish I

"¡Cállate!" gritó la Bruja Malvada. "¡Ojalá

could take away your power of speech! Do not

pudiera quitarte el poder del habia! No

listen to her, dear child," the Evil Witch

la escuches, querida niña", la Bruja Malvada

turned to Karen. "See, I have opened the gate

se dirigió a Karen. "¡Mira! He abierto la puerta

for you. Please come in and see your friends,"

para ti. Pasa y visita a tus amigos".

"No, no thank you," stammered Karen

"No, no gracias" tartamudeó; Karen.

At this the Evil Witch became enraged. ,"I

Con esto, la Bruja Malvada se enfureció. "Te

would turn you into a warty frog and eat you if

convertiria en un sapo cubierto de verrugas y te comería si

you were in my garden right now, you

estuvieras en mi jardín en esto preciso instante,

miserable, little girl.

maldita niñita.

Karen ran home as fast as she could go. She did

Karen regresó corriendo a su casa lo más rapido que pudo.

not tell her parents where she had been. But

No contó a sus padres donde habia estado. Pero

very early the next morning, Karen returned to

muy temprano a la mańana siquiente, Karen regresó

the edge of the garden where the Good Fairy's

hasta el límite del jardín donde estaba la estatua de Hada

statue stood. "Oh please, Good Fairy, is there

Buena. "Ay por favor, Hada Buena ¿hay algo

nothing we can do? I miss my friends, and

que podamos hacer? Extraño a mis amigos Y

everyone in the village is so unhappy."

todos en la aldea están tan tristes".

"Every now and then the Evil Witch mumbles

"De vez en cuando Bruja Malvada murmura

something about a secret," the Good Fairy

algode un secreto", el Hada Buena le

answered her. "If you can continue to come

respondió. Si puedes continuar viniendo

and visit the Evil Witch, perhaps one day she will

a visitar a la Bruja Malvada, tai vez algún dia

accidentally reveal her secret to you, As

accidentalmente te al jardín, te prometo

long as you do not enter this garden, I promise

tanto no entres al jardín, te prometo

that you will be safe from her evil powers."

que estarás a salvo de sus Malvados poderes".

Karen returned to the garden the next morning

Karen regresó al jardín, la mañana siguiente

and brought along a basket of lovely red apples

y trajo una canasta con riquisimas manzanas rojas;

hoping to please the Evil Witch with them,

con la esperanza de que le gustaran a la Bruja Malvada.

"Look," said Karen to the Evil Witch, "I have

"Mira", dijo Karen a la Bruja Malvada, te he

brought you a present."

traído un presente".

"Bring it to me, dear child," said the Evil Witch

"Traemelo, querida niña", dijo la Bruja Malvada.

'No," replied Karen. "I cannot come into your

"No", respondió Karen, "No puedo ebtrar en tu

garden. I will leave it here by the black fence

jardín. Lo dejaré aquí, junto a la

27

instead."

cerca negra".

The Evil Witch reached her long, blue arm

La bruja Malvada pasó su largo brazo azul

through the railings of the fence and picked up the

por los barrotes de la cerca y levantó la

basket and looked inside. She immediately

canasta para mirar adentro. De immediato

dropped the basket and began to scream in

dejó caer la canasta y comenzó a gritar

horror. "You are trying to kill me! Who told you

horrorizada. "¡Estás intentando matarme! ¿Quién te dijo

my secret? Who told you that IF SHE EATS

mi secreto? ¿Quíen te dijo que SI COME

RED, THE WITCH WILL BE DEAD? You

ALGO ROJO, LA BRUJA MORIRÁ? ¡Eres

horrible, wicked girl!" the Evil Witch wailed.

una niña monstruosa y malvada! gemía la Bruja Malvada.

"I am so sorry," Karen told the Evil Witch

"Lo siento mucho", le dijo Karen a la Malvada Bruja

"I did not know you must not eat anything red.

"No sabía que no debías comer nada que fuera rojo.

I will bring you something nicer tomorrow."

Mañana le traeré alfo mejor".

Karen now knew the Evil Witch's secret. She

Ahora Karen sabía el secreto de la Bruja Malvada. Ahora

must somehow trick the Evil Witch into eating

debia engañarla de algún modo para que comiera

something red. So the very next day, when Karen

algo rojo. Es así que al día siguiente, Karen

went to the garden, she brought a basket of red

fue al jardín con una canasta de cerezas

cherries she had painted green. "Look," Karen

rojas que había pintado de verde. "Mira", dijo Karen

called to the Evil Witch. "I have brought you

a la Bruja Malvada. "Te he traído unas

some delicious olives."

deliciosas aceitunas".

The Evil Witch snatched the basket out of

La Bruja Malvada arrebató la canasta de

Karen's hands. She loved olives and was just

las manos de Karen. Adoraba las aceitunas y estaba a

about to eat one when she noticed a stem on

punto de comer una cuando notó un talio en

one of the olives. "Olives do not have stems,"

una de las aceitunas, "las aceitunas no tienen talios",

she thought to herself. She rolled the olive in

pensó. Colocó la aceituna en

her wrinkled, blue palm to inspect it more

la arrugada palma color azul para inspeccionaria con mayor

closely, and green paint came off onto her

detalle. La pintura verde se saltó y le manchó la

skin. The Evil Witch saw that the olive was

piel. La Bruja Malvada comprendió que la aceituna era

really a red cherry. "If it is the last thing I do,

en realidad una cereza roja. "¡Aunque sea to último que hage,

I will get you, you little fiend!" she screeched.

te atraparé, amiguita!, chilló.

Karen did not go back to the garden to see the

Karen no regresó al jardín para visitar a la

Evil Witch the next morning. She knew that it

Bruja Malvada la mañana siguiiente. Sabía que

would be very difficult to fool her again. Karen

seria dificil engañarla nuevamente. Karen

had to wait for another plan, one that was sure

tenia que pensar en otro plan, uno que con certeza

31

to work.

funcionara.

That afternoon, when Karen's father returned

Aquella tarde, cuando el padre de Karen regreso

from the mountain, he brought nuts and

de la montaña, trajo nueces y

wild grapes for Karen and her mother. To her

uvas silvestres para Karen y su madre. Para su

surprise, Karen found that some of the wild

sorpresa, Karen descubrió que algunas de las uvas silvestres

grapes were red in color. "Oh, Father, red

eran rojas. "¡Ay Padre, uvas

grapes!" Karen exclaimed, "I thought grapes

rojas!", exclamo Karen. "Yo pensaba que les uvas

were always purple."

eran siempre color púrpura".

"Wild grapes grow in many colors, "Karen's

Las uvas silvestres tienen varios colores", su padre

father explained "Purple, red, white, and even

le explicó; "púrpuras, rojas, blancas e incluso

green. Wild red grapes are the most difficult to

verdes. Las uvas silvestres rojas son las más difíciles de

find, but they are by far the sweetest grapes of

encontrar pero son, sin lugar a dudas, las más dulces

all."

de todas".

Now Karen had her plan. That night she

Ahora Karen ya tenía su plan. Esa noche

crushed some of the purple grapes and made a

exprimió algunas de las uvas púrpura t preparó

deep purple juice. She placed some of the red

un jugo púrpura intenso. Colocó algunas de las uvas rojas

grapes in the purple juice. By the next morning

en jugo purpura.La mañana siguiente,

the red grapes were stained a dark purple.

las uvas rojas estaban teñidas de un púrpura oscuro.

Karen put the stained grapes in her basket and

Karen colocó las uvas teñidas en la canasta y

hurried off to the garden.

y se apresuró para llegar al jardín.

After placing the basket next to the black fence,

Luego de colocar la canasta junto a la cerca negra,

Karen called to the Evil Witch.

Karen llamó a la Bruja Malvada.

"**I** went grape picking in the mountain yesterday

"Ayer fui a la montaña a recoger uvas

and brought some back especially

y traje algunas especialmente

for you." But the Evil Witch would not go near

para ti", Pero la Bruja Malvada no se acercaba

the basket or even respond to Karen. After

a la canasta ni le respondía. Luego de

waiting for quite some time, Karen picked up the

esperar un rato, Karen tomó la

basket and said "Since you do not want the

canasta y dijo "Dado que no quieres las

grapes, I will take them home with me. My

uvas, me las llevaré a casa. Mi

mother will make jam with them."

madre las usará   para preparar mermelada".

At these words the greedy Evil Witch ran over to

Con estas palabras, la glotona Bruja Malvada corrió

the black fence, grabbed the basket, and began

hacia la cerca negra, tomó las canasta y comenzó

to inspect the grapes very carefully. They

a inspeccionar las uvas muy cuidadosamente.

looked like grapes, and they smelled like grapes,

Parecían uvas y olían como uvas,

but the Evil Witch continued to examine them

pero la Bruja Malvada continuó examinándolas

for a long time. When she was absolutely

largo rato. Cuando estuvo pienamente

positive that they were, indeed, real grapes,

segura de que realmente eran uvas,

she put one in her mouth and ate it.

so colocó una en la boca y la comió.

The moment the Evil Witch swallowed the

Apenas la Bruja Malvada tragó la

grape, she screamed in agony and was gone.

la uva, gritó con agonía y desapareció.

Instantly the children and the Good Fairy were

De inmediato, los niños y el Hada Buena fueron

released from the spell they were under, and the

liberados del maleficio que sufrían. El

Good Fairy made sure all the children arrived

Hada Buena se aseguró de que todos los niños llegaran

safely to their homes. Then the Good Fairy made

a salvo a sus hogares,. Luego, el Hada Buena

the magic garden beautiful again, the thorn

embelleció el jardín nuevamente. Los arbustos

bushes turned back into trees, the withered

con espinas se convirtieron en árboles, las flores marchitas

flowers revived, the dry fountains started to flow

revivieron, las fuentes secas comenzaron a fluir

again, and the shattered toys were made whole.

nuevamenta y los juguetes hechos añicos se reparaon.

But there, once again, in the center of the magic

Y, una vez más, en el centro del jardín mágico,

garden, stood the Black Tulip. No one ever

se encontraba el Tulipán Negro. Nunca nadie

wanted to pick the Black Tulip again.

quiso cortar nuevamente el Tulipán Negro.

And Audrey was a good and obedient girl from

Y Audrey fue una niña buena y obediente de

that day on.

aquel dia en adelante.

THE
END
FIN

I CAN READ
SHORT STORIES

TÚ PUEDES LEER

CUENTOS TAMBIÉN

8747647R0

Made in the USA
Charleston, SC
10 July 2011